Wilhelm von Scherff

Die Infanterie auf dem Exercierplatze. Anhaltspunkte und Beispiele für die Ausbildung zum Gefecht

Antigonos

Wilhelm von Scherff

Die Infanterie auf dem Exercierplatze. Anhaltspunkte und Beispiele für die Ausbildung zum Gefecht

Unveränderter Nachdruck der Originalausgabe von 1875.

1. Auflage 2024 | ISBN: 978-3-38644-992-2

Antigonos Verlag ist ein Imprint der Outlook Verlagsgesellschaft mbH.

Verlag: Outlook Verlag GmbH, Zeilweg 44, 60439 Frankfurt, Deutschland info@outlook-verlag.de
Vertretungsberechtigt: E. Roepke, Zeilweg 44, 60439 Frankfurt, Deutschland
Druck: Libri Plureos GmbH, Friedensallee 273, 22763 Hamburg, Deutschland

Die
Infanterie auf dem Exercierplatze.

Anhaltspunkte und Beispiele

für die

Ausbildung zum Gefecht.

Von

W. von Scherff,

Oberſt-Lieutenant und Abtheilungs-Chef im großen General-Stabe.

Mit zwei Tafeln Abbildungen.

Berlin.

Verlag von A. Bath.

1875.

Einleitung.

Die Kampfweise der Infanterie hat durch die Vervoll=
kommnungen der Schußwaffen (eigenen, wie artilleristischen) seit
den letzten zwanzig Jahren eine Umwandlung erlitten, welche heut=
zutage als radicale Umwälzung Alles dessen auftritt, was an prak=
tischen Regeln vor jener Zeit für dieselbe Geltung hatte.

Zwar die ewig unerschütterlichen Grundsätze jedes Kampfes,
vor Allem das Gesetz absoluter Ordnungsmäßigkeit und innigen
Zusammenhanges im Kampfe werden durch jene Veränderungen
nicht berührt, desto tiefer aber schneiden dieselben in die äußere
Erscheinung dessen ein, was man die elementare oder Exercier=
platz=Taktik der Infanterie zu nennen gewohnt ist.

Wenn heutigen Tages die Artillerie mit einem neuen Ma=
terial ausgerüstet, veraltete Grundsätze ihrer Kampfweise über Bord
geworfen hat; wenn gegenwärtig in der Cavallerie gerade die
scharfen Beobachter des Infanteriegefechts, ihrer Waffe glauben
neue Lorbeeren erringen zu können, indem sie altbewährte Formen
auf's Neue beleben — es ist doch bei aller Anerkennung und
Unterstützung, welche diesen Bestrebungen entgegengetragen werden
muß, damit nur ein verschwindend kleiner Fortschritt in der Kampf=
weise der Armee überhaupt erreicht, so lange nicht die durch=

greifende Reform zur That geworden ist, welche zu suchen alle denkenden Elemente der Infanterie fort und fort bestrebt sind.

Und diese Infanterie hat wahrlich ein Recht darauf, daß die Geister sich um sie bemühen. Sie bildet nach Zahl und Material den Kern des Heeres; mit ihr und durch sie steht und fällt, trotz noch so vervollkommter Artillerieausrüstung und Kavallerietaktik, der Sieg überhaupt; und ihr in mehr als ausgiebigen Strömen vergossenes Blut hat den neuen Bestrebungen den Stempel der Nothwendigkeit aufgedrückt.

So sehen wir denn auch immer und überall die oft verunglückten neuen Versuche des Exercierplatzes stets wieder aufgenommen; immer lauter und lebhafter wird die Polemik der militairischen Presse; und neben ihr her legt, meist zwar ungehört und unbeachtet verhallend, aber darum nicht minder bedeutungsvoll, die Stimme von hunderten von Frontoffizieren Zeugniß dafür ab, daß die Frage nach der Reform der Exercierplatz-Praxis eine brennende geworden ist.

Die Infanterie auch fernerhin in den Formen ausbilden — und damit natürgemäß (man täusche sich doch ja nicht selbst darüber) sie noch einmal in jenen Formen an den Feind führen, mit welchen sie 1870 in Kampf und Tod gezogen ist: heißt schwerlich, sie ein andersmal zum Siege erziehen; hieße wohl nur allzuwahrscheinlich, sie schweren Niederlagen aussetzen.

Wem diese Anschauung zu schroff und pessimistisch klingt, der beantworte zunächst die Fragen bejahend, die wir verneinen zu müssen glauben, die Fragen:

> ob es noch möglich ist, in denjenigen Kampfformen, welche
> das Reglement noch heute als die maaßgebenden*)

*) Namentlich für die Brigade und das Regiment.

hinstellt, wenngleich die Allerhöchsten Verordnungen vom 19. März 1873 Ausnahmen davon vorschreiben und gestatten, dem Schnellfeuer moderner Hinterlader zu widerstehen?

und weiter:

ob es wirklich angängig ist, im Drange des Momentes andere, auf dem Exercierplatz gar nicht oder nur nebenbei geübte, jedenfalls nicht zur Gewohnheit gewordene Formen zu improvisiren und zur Anwendung zu bringen?

Unstreitig bezeichnen jene Allerhöchsten Verfügungen einen wesentlichen Fortschritt für die Elementartaktik der Infanterie, wer aber einen Einblick erlangen will, in die Art, wie sie verstanden und angewendet worden sind, der sehe und höre sich um auf den Excercierplätzen und Manöverfeldern der deutschen Infanterie. Es ist nicht zu viel gesagt, zu behaupten, daß die Grundsätze einer neuen zweckentsprechenden Taktik dort nur ausnahmsweise Geltung gefunden haben.

Das ist kein Vorwurf, der den Einzelnen treffen kann. Es ist natürlich, daß wo Alles noch in Gährung begriffen ist, die überwuchernde Phantasie des Einen, das „neue Heil" in der vollständigen Preisgabe aller gegliederten Ordnung sucht; indeß der Andere in der striktesten Aufrechterhaltung unmöglich gewordener alter Formen, den Versuch macht das „neue Unheil" fern zu halten.

Was der Eine und was der Andere auf dem Exercierplatze treibt, läßt sich im Grunde ja reglementarisch vollständig rechtfertigen; ist schwarz auf weiß, als „erlaubt" nachzuweisen; entspricht hier und dort nur je der individuellen Auslegung zu Rechte bestehender Bestimmungen!

Allen Respect vor der persönlichen Selbstständigkeit!

In einem Momente aber, wo das ganze Gebäude der alten Exercierplatz-Taktik unter dem fast einstimmigen Beifallsrufe aller Betheiligten zusammenkracht: gilt es erst ein neues Fundament zu legen, ehe jene Selbstständigkeit sich wieder geltend machen darf.

Daß dieses Fundament noch nicht gefunden ist, aber gefunden werden muß: das empfindet mehr oder weniger klar die gesammte Infanterie und aus diesem instinctiven Bewußtsein heraus entspringen alle jene Nothschreie nach einem neuen Reglement, denen man häufig grade bei den strebsamsten und tüchtigsten Elementen der Waffe begegnet.

Die moderne Kampfweise der Infanterie hat ihren **Schwerpunkt** aus der geschlossenen Massenordnung in die Einzelordnung verlegt!

Dieses Grundgesetz der heutigen Infanterietaktik lebt in Aller Bewußtsein, hat aber trotz aller Fortschritte, welche das Reglement von 1870 und die Verordnung von 1873 auszeichnen, noch nicht das reglementarische Bürgerrecht errungen.

Und doch, so will es scheinen, bedarf es nur der Anerkennung dieser einen — nun doch nicht mehr zu umgehenden Wahrheit — und der Ziehung der daraus naturgemäß sich ergebenden Folgerungen für den Kampf der Infanterie, damit das soviel ersehnte und so mannichfach gefürchtete „neue Reglement" fix und fertig dasteht — ohne, daß auch nur eine einzige Form des „alten" Reglements verändert, oder auch selbst nur gestrichen zu werden, **braucht.***)

---

*) Ob aber nicht trotzdem gewisse Streichungen erwünscht wären, mag hier eine offene Frage bleiben.

Wenn diese eine Wahrheit mit voller Klarheit als das Fundament der Exercierplatzschule hingestellt wird, so ist das „Etwas" vollauf genügend gethan, von dem man Oben und Unten immer wieder hört, daß es „geschehen" müsse und es wird dann vor allen Dingen nicht „Etwas so Neues" sein, wie man im Drange der Noth, es augenblicklich in der Armee selbst, theils für erforderlich hält, theils — fürchtet.

Mag es nun aber eine Täuschung sein oder nicht:

> einmal, daß der Nothstand in der Infanterie wirklich so groß; dann ferner, daß demselben verhältnißmäßig so leicht abzuhelfen sei:

Pflicht des Einzelnen bleibt es in einem Momente, wo die Geister aufeinanderplatzen, wie das jetzt der Fall, nicht zurückzuhalten, sondern — ein Jeder — zu bringen, was er hat und zu sagen, was er weiß.

Soviel zur Erklärung und Rechtfertigung des nachfolgenden Versuches.

Einige Anhaltspunkte

für die Anwendung der reglementarischen Formen der Infanterie
im Kampfe und auf den Uebungsplätzen.

---

§ 1. Allgemeine Gliederung einer Infanterietruppe zum Kampfe.

1. Die neuen Feuerwaffen gestatten der Infanterie nicht mehr, im Bereiche wirksamer feindlicher Schußweite in größeren geschlossenen Atheilungen aufzutreten.

Andererseits beruht dieser gesteigerten Feuerwirkung gegenüber die Entscheidung eines Infanteriekampfes nur noch ganz ausnahmsweise auf dem Stoße geschlossener Massen mit der blanken Waffe, wird vielmehr fast immer nur durch die Entfaltung und Ausnützung einer überlegenen Feuerkraft herbeigeführt werden können.

Diese Verhältnisse bedingen eine gegen früher veränderte Anwendung der reglementarischen Formen der Infanterie im und zum Kampfe.

2. Die Hauptkampfform der Infanterie für die Entscheidung, sowohl im Angriffe, wie in der Vertheidigung, kann und muß fernerhin nur aus einer möglichst starken Feuerlinie bestehn.

Der Bildung dieser **Hauptfeuerlinie** wird meistens die Bildung einer **Vorbereitungslinie** vorausgehen müssen.

Durch allmählige Verstärkung der vorbereitenden „Schützenlinie" aus ihren „Soutiens"; dann im weiteren Verlauf durch das Hineinschieben der Abtheilungen einer folgenden Linie in die so verstärkte Schützenlinie, bildet sich die zur Entscheidung nothwendige dichteste Feuerlinie — als **erstes Treffen.**

3. Dem so formirten ersten Treffen folgt unter allen Umständen — oder steht hinter demselben bereit — eine **Unterstützungslinie** in kleinen geschlossenen Abtheilungen, bestimmt, der Hauptlinie, da wo es nothwendig, neuen Impuls beim Angriff oder mehr Halt im Widerstande zu geben — das **zweite** Treffen.

4. Außer dem aus Vorbereitungs- und Hauptlinie bestehenden ersten, und dem aus der Unterstützungslinie gebildeten zweiten Treffen, hat jeder selbstständig zum Kampfe schreitende Infanteriekörper noch ein **drittes Treffen** zu formiren.

Dasselbe, möglichst in geschlossenen Massen zusammengehalten, muß bereit sein, unerwarteten Eventualitäten entgegenzutreten.

Dieses dritte Treffen hat an und für sich nichts gemein mit einer vom höchsten oder von höheren Führern in jedem Gefechte zurückzuhaltenden Gefechts-**Reserve**; wenngleich in kleineren Verhältnissen beide Begriffe. oft zusammenfallen werden.

§ 2. **Stärkeverhältnisse und Bildung der Treffen.**

Ueber das gegenseitige **Stärkeverhältniß** dieser drei Treffen läßt sich in Zahlen nichts bestimmen. Dasselbe wird einmal ganz von den äußeren Umständen (Stärke des Gegners, Entwickelungsraum 2c.), dann aber auch davon abhängen, daß man es gern vermeiden wird, behufs Herstellung der verschiedenen Treffen, einen Truppenkörper zu sehr zu zerreißen.

Entsprechend den bezüglichen Aufgaben wird man bestrebt sein, das erste Treffen gleich so stark als möglich zu machen; das dritte Treffen aber nicht unter ein Viertel der Stärke des erften finken zu laſſen, wenn nicht ſelbſtſtändige Reſerven zur Hand ſind. Daraus ergiebt ſich, was für das zweite Treffen übrig bleibt, welches ſeiner Aufgabe gemäß am ſchwächſten gehalten werden kann.

Der mit der Durchführung eines Offenſiv= oder Defenſivauftrages betraute höchſte Infanterieführer hat darnach jedesmal die Treffeneintheilung ſeiner Truppe zu beſtimmen.

So wird z. B. ein mit einem ſelbſtſtändigen Angriffe beauftragter Commandeur, hinter deſſen Bataillon noch andere Truppen bereit ſtehn, ſein erſtes Treffen aus drei Kompagnien bilden können, indeß die vierte gleichzeitig ſein zweites und drittes Treffen repräſentirt. Im größeren Verbande dagegen wird ein Bataillon meiſt immer nur ein einziges Treffen herſtellen dürfen und dann gewöhnlich, wenn es im erſten Treffen ſteht durch Vorziehen von zwei Kompagnien ſich in eine Vorbereitungs= und eine Hauptlinie zerlegen; oder wenn es im zweiten Treffen eingetheilt iſt, ſich in Kompagniecolonnen auseinanderziehen.

Ein Regiment wird in ähnlich ſelbſtſtändiger Lage als jenes Bataillon, zwei ſeiner Bataillone nebeneinander in ſich als erſtes und zweites Treffen (ſechs Kompagnien im erſten auf zwei im zweiten Treffen; oder vier auf vier) formiren, das dritte aber als drittes Treffen zurückhalten.

Steht das Regiment dagegen im Verbande einer allein fechtenden Brigade, ſo wird es oft vortheilhafter ſein, daß es ſeine drei Bataillone nebeneinander als erſtes Treffen formirt und dann ein Bataillon des anderen Regiments das zweite, die beiden übrigen das dritte Treffen bilden.

Die Brigade im Diviſionsverbande hinwiederum wird praktiſcher Weiſe ihre beiden Regimenter flügelweiſe nebeneinander in ein erſtes und zweites Treffen gliedern, indeß von der Diviſion ein Regiment der zweiten Brigade als drittes Treffen zurückgehalten, das andere Regiment zur Verlängerung der Front benutzt werden kann u. ſ. w.

Diese Mannichfaltigkeit der Verschiebungen kann noch dadurch erhöht werden, daß es bei breiteren Frontentwickelungen vortheilhaft erscheinen mag, ein oder beide Flügel (Bataillone oder Regimenter) in sich mehr nach der Tiefe — die mittleren Körper aber mehr nach der Breite — zu entwickeln, um dadurch eintretenden Falles eine einheitlichere Wirksamkeit nach einer bedroht erscheinenden Flanke zu erzielen oder leichter zu Umfassungen schreiten zu können.

§ 3. Verhältniß der Breiten- zur Tiefenentwicklung bei einem Infanteriekörper; speziell bei einem Bataillon.

Aber auch dieses gegenseitige Verhältniß der **Entwickelung** in Breite und Tiefe bei ein und demselben Truppenkörper entzieht sich einer bestimmt zu formulirenden Regel, und ist die Verfügung darüber daher auch jedesmal lediglich Sache des höchsten Führers.

Grundsatz jedes Infanteriekampfes soll und muß es sein: das **Kraftbedürfniß in Front möglichst lange aus der Tiefe desselben Truppenkörpers bestreiten zu können.***)

Dieses Bedürfniß läßt sich aber nur durch eine Wahrscheinlichkeitsrechnung bestimmen, welche für jeden einzelnen Fall anders ausfallen wird. Es können Gefechtslagen vorkommen, wo auf je 300 Schritt eine einzige Compagnie vollauf genügen würde, den Gefechtszweck zu erreichen; und andere, wo auf einer sehr bedeutend schmäleren Front, vier Compagnien hintereinander nicht ausreichen, den Verbrauch zu decken.

Nun hängt aber die so überaus wichtige Einheitlichkeit einer Aktion, neben der numerischen Stärke eines Truppentheils, auch sehr wesentlich von der Möglichkeit ab, daß ihr Kommandeur noch jeden Augenblick den ihm zustehenden und von ihm erwarteten Einfluß auf alle Abtheilungen seiner Truppen in jeder Richtung geltend machen kann.

---

*) Cfr. dreigliedrige Rangirung!

Es ist daher nothwendig für die erste taktische Einheit des **Bataillons,** sowohl die Breiten- als die Tiefenausdehnung auf die, diese Herrschaft des Commandeurs noch garantirende Maximalgrenze von etwa 300 bis ausnahmsweise 500 Schritt festzusetzen.

Ueberall also im Kampfe, wo es nützlich oder nothwendig erscheint, diese Grenze von einer Unterabtheilung ein und desselben Bataillons überschreiten zu lassen, tritt eine ausdrückliche Detachirung ein, für welche dann der resp. Unterführer seinen selbstständigen (zuweilen selbstverständlichen) Auftrag erhält.

Weiterhin ist zu bemerken, daß jene oben bestimmte Maximalgrenze für die Frontentwickelung eines Bataillons, der numerischen Leistungsfähigkeit desselben entsprechend, nur auf ein ganz oder noch annähernd kriegsstarkes Bataillon ihre Anwendung findet und sich mit Abnahme der Kopfstärke entsprechend vermindert. In gewöhnlichen Friedensverhältnissen des Uebungsplatzes wird sich daher jene gestattete Breitenentfaltung auf circa 150—250 Schritt verringern.

Dabei sei gleich bemerkt, daß die erstere Ziffer (300 resp. 150) als Normalbestimmung für Bataillone, welche zum Angriff gehen, die letztere (500 resp. 250) für solche, welche zur Vertheidigung aufgestellt sind, gelten soll. Das verhindert natürlich nicht, daß für besondere Gefechtszwecke den vier Kompagnien eines Bataillons Aufträge gegeben werden können, welche sie weit über die Grenzen jener Bestimmung hinausführen; nur handelt es sich dann nicht mehr um die taktische Einheit des Bataillons im Entscheidungskampfe — und nur von diesem und seinen Anforderungen, nicht von Aufgaben des sogenannten kleinen Krieges ist hier die Rede.

§ 4. Abstände in Breiten- und Tiefenrichtung.

Aus diesen vorhergehenden Bestimmungen ergiebt sich zunächst von selbst der **Abstand** in der frontalen Breitenrichtung für mehrere nebeneinander zu einheitlicher Wirksamkeit angesetzte Bataillone — die „ganze Distance" des Reglements.

Was aber dann weiter die Abstände in der Tiefenrichtung angeht, so sind auch diese dem Wechsel der Verhältnisse unterworfen, müssen eigentlich auch jedesmal von höchster Stelle ausdrücklich festgesetzt werden. Dabei sind dann folgende Hauptgrundsätze zu beobachten:

1. Die Soutienslinie folgt (oder steht hinter) ihrer vorbereitenden Schützenlinie: so nahe, daß sie deren Bewegungen fortwährend im Auge behalten, ihr im Laufschritt mindestens innerhalb ein bis zwei Minuten, Unterstützung bringen, aber doch wiederum nicht in unmittelbare Mitleidenschaft eines auf jene gezielten Feuers gerathen kann. Es werden diese Bedingungen wenn nicht besondere Terrainverhältnisse obwalten, einen durchschnittlichen Abstand zwischen 100 bis 250 Schritt erfordern. Dabei wird es, namentlich in offenem ebenen Terrain, oft nothwendig werden, die Soutienslinie in sich noch einmal in der Tiefe zu gliedern, damit sie nicht durch ihre relativ starken geschlossenen Abtheilungen das Feuer des Feindes auf sich selbst zieht. Sie wird sich dann in den Raum theilen, welcher die vorbereitende Schützenlinie von den annoch geschlossenen Abtheilungen der Hauptlinie trennt.

2. Der Abstand dieser Hauptlinie von der (vorbereitenden) Schützenlinie wird sich verschieden bemessen, je nachdem die betreffende Abtheilung sich in der Vertheidigung oder im Angriffe befindet.

a. In der Vertheidigung muß die Hauptlinie ihrer vordersten Schützenlinie*) so nahe sein, daß sie unter allen Umständen früher in dieselbe einrücken kann, als der angreifende

---

*) Cfr. § 6. In der Vertheidigung wird meist die Hauptlinie ihre eigenen Schützen, nicht wie im Angriff ein besonderes Vortreffen zu unterstützen haben.

Gegner sie durch sein Feuer zum Schweigen zu bringen vermag. Mit Rücksicht auf das Verfahren des Angriffs*) werden daher 400 Schritt wohl der größte Abstand sein, welcher in solchem Falle die Hauptlinie von ihrer Schützenlinie trennen darf. Finden sich Terraindeckungen näher heran (womöglich in der Stellung selbst), wenn auch nur für einzelne Theile der Hauptlinie, so sind dieselben zu benutzen, andernfalls durch entsprechende Formation und Niederlegen möglichst Schutz zu suchen.

b) Im Angriffe bestimmt sich der Abstand der Haupt= von der Vorbereitungslinie (auch Vortreffen genannt) nach der doppelten Anforderung:

einmal, daß von dem Momente des Eintritts der Hauptlinie in den Bereich des wirksamen feindlichen Feuers (unter Umständen also von 1800—1200 Schritt ab) ihre Abtheilungen nicht mehr Halt machen dürfen, wenn man den Erfolg nicht compromittiren will;

und dann, daß die durch ihre Soutiens verstärkte Vorbereitungslinie auf wirksamste Entfernung vom Feinde (also etwa auf 400—250 Schritt) angelangt, einen Zeitraum von zwei bis drei Minuten bedarf, um durch ihr Schnellfeuer den gemeinsamen Einbruch beider Linien des ersten Treffen vorzubereiten.**)

Wenngleich nun zwar das Vortreffen die Entfernung bis an jene Schnellfeuer=Position heran meist im vollen Laufe durcheilen wird und muß, so nehmen doch die nothwendigen Ruhepausen in diesem sprungweisen Vorgehen soviel Zeit in Anspruch, daß wenn nicht ganz besondere Terrainverhältnisse Ausnahmen gestatten, meist ein mittlerer Abstand von 500 Schritt nothwendig

---

*) Cfr. § 6.

**) Cfr. § 6. Auch sei gleich hier bemerkt, daß diese Zeitbestimmung für die nothwendige Infanteriefeuer=Vorbereitung eine bereits längere Zeit hindurch währende Artilleriefeuer=Vorbereitung des Angriffs zur Voraussetzung hat.

und ausreichend sein wird, um jene gewollte Zeitdifferenz in dem Zusammentreffen der Haupt- mit der Vorbereitungslinie zu erzielen.

Immerhin sei gleich hier darauf hingewiesen, daß diese Berechnung von Raum und Zeit eine der Hauptaufgaben der Führer-Routinirung auf dem Exercierplatze sein wird.

3. Zur Hauptlinie steht, wie schon erwähnt, das zweite Treffen in einem ähnlichen Verhältnisse, wie die Soutienslinie zu ihren Schützen. Ein Abstand zwischen beiden von etwa 300 Schritt wird darum die äußerste Grenze darstellen, innerhalb deren das zweite Treffen im Stande sein wird, im Laufschritt in die Hauptlinie eilend, derselben denjenigen Impuls und Halt rechtzeitig zu bringen, welcher in seiner Aufgabe liegt.

4. Der Abstand des dritten Treffen von der Hauptlinie endlich regelt sich nach der speziellen Aufgabe desselben, nämlich unerwarteten Eventualitäten entgegenzutreten.

Als solche Fälle charakterisiren sich in der Vertheidigung: die Abwehr eines feindlichen Flankenangriffs; ein Offensivstoß aus der Stellung heraus in die Flanke des feindlichen Angriffs; endlich die Aufnahme bei nothwendigem Rückzuge aus der Position;

im Angriffe: die Bildung einer äußeren Reserve nach glücklich gelungener Eroberung einer feindlichen Position; der Flankengegenstoß gegen einen etwaigen retour offensif des Vertheidigers; endlich die Aufnahme des gescheiterten Angriffs oder der Versuch, ihn durch rechtzeitiges Eingreifen doch noch reüssiren zu machen.

Es ergiebt sich aus diesen Aufgaben wiederum nur im Allgemeinen, daß in der Vertheidigung das dritte Treffen der Hauptlinie näher — wohl meist nicht über 400—500 Schritt Abstand — im Angriff weiter ab — auf etwa 800 Schritt — zur Hand stehen resp. folgen muß. —

5. Endlich folgt noch aus diesen verschiedenen Zwecken, welchen sie dienen sollen: daß das zweite Treffen am vortheilhaftesten auf

ben Intervallen des ersten steht; während über die Eintheilung
des dritten Treffen: ob hinter der Mitte, auf einem oder beiden
Flügeln, debordirend oder nicht, lediglich die Umstände und der
wahrscheinlich von demselben zu machende Gebrauch entscheiden.

§ 5. Die reglementarischen Formationen.

Die bis jetzt gegebenen Bestimmungen für die verschiedenen
Treffen sind dann weiterhin wiederum maaßgebend für die An-
wendung derjenigen **reglementarischen Formationen**, in welchen die
Infanterie im Kampfe auftreten kann.

1) Die vorbereitende Linie — das **Vortreffen*)** — bildet die
Schützen- und Soutienslinie grundsätzlich immer aus ganzen
Kompagnien der nebeneinander kämpfenden Bataillone; auch
im größeren Verbande nicht durch ganze (Avantgarden-)Ba-
taillone.

Ob ein Bataillon nur eine oder zwei Kompagnien vorzieht,
und in letzterem Falle, ob die beiden Kompagnien hinter- oder
(wohl meist) nebeneinander vorgehen, hängt von den Umständen
ab. Bei einem sich unmittelbar aus der Marschcolonne entspin-
nenden Kampfe — ein freilich möglichst, aber doch nicht immer
(Defilee!) zu vermeidender Fall — wird erstere Alternative sich
von selbst nothwendig machen. Desgleichen wird ein solches Hin-
tereinander-Disponiren zweier Kompagnien sich da empfehlen,*)
wo man im weiteren Verlauf der Sache darauf rechnen muß, einer
Defensiv- oder Offensiv-Flanke zu bedürfen. Jedenfalls bleibt es
nothwendig, ein Bataillon auf beide Verfahrungsweisen einzuüben.

Das Vortreffen wird nunmehr beim Vorgehen (ebenso, die

---

*) Aus Gründen, welche hier nicht erst erörtert werden müssen, meist
nur beim Angriffe formirt.

**) Andere Gründe dafür cfr. Studien zur neuen Infanterietaktik. I.
des Verf.

Hauptlinie in der Vertheidigung) es nicht vermeiden können, schon auf eine ziemlich bedeutende Entfernung vom Feinde: eine Schützenlinie zu bilden.

Dieser Sicherheitsschleier, häufig selbst außerhalb aller feindlicher Feuerwirkung nothwendig, um nicht ungewarnt mit dichtgeschlossenen Massen in die gegnerische Wirkungssphäre zulaufen; jedenfalls aber (wenn vielleicht auch nur aus moralischen Gründen) unvermeidlich, sobald man den Rayon der Tragweite des feindlichen Gewehrs erreicht, hat nun zunächst noch keineswegs die Aufgabe — weder im Angriff noch in der Vertheidigung — ein wirkliches Feuergefecht zu führen.

Es ist daher geboten, mit dieser ersten Schützenauflösung so sparsam, als nur möglich vorzugehen. Da aber fernerhin eine Verstärkung dieser ersten dünnen Schützenlinie in dem Maaße nothwendig wird, als die Distancen zwischen beiden Gegnern sich kürzen; eine solche aber, wenn man gleich von Hause aus eine ganze einheitliche Unterabtheilung einer Kompagnie — einen Zug*) — zur Bildung der ersten Kette benutzt hat, nur durch Eindoublirung eines zweiten Zuges zu erreichen ist: so

kann es nur empfohlen werden, lieber gleich zwei Züge (der einen oder beiden Vortreffenkompagnien) nebeneinander vorzuziehen und aus denselben nach Bedarf die Schützenlinie mit eigenen ersten Soutiens zu bilden, denen dann der dritte Zug der Kompagnie als zweites Soutien folgt.**)

Für Aufstellung und Bewegung der Soutienslinie gilt die Formation in Zugfronten als Regel (zwei Züge also: in Colonnel) jedoch muß es den Führern der Soutiens (auch auf dem

---

*) Denn, daß troß aller Sparsamkeit wiederum nicht gut weniger als etwa eine Zugstärke per Bataillon an Schützen aufgelöst werden darf, darüber cfr. Studien 2c.

**) cfr. darüber auch: General von Wechmars: Kleine Sections-Soutiens. Außerdem sei für diese Verhältnisse auf die Dreiglieder-Rangirung und ihre Vorzüge hingewiesen.

Exercierplätze) vollständig überlassen bleiben, wo Terrain oder andere Verhältnisse es nöthig erscheinen lassen, auch von dieser Regel abzugehn: zur Linie zu deployiren oder zu kleineren Colonnen (selbst Reihen) sich zusammenzuschieben.

2. Die **Hauptlinie** des ersten Treffen hat von der Grenze des Gewehrschußes, oft schon von der Grenze günstiger Artilleriewirkung, ab, sich in Compagnie=Colonnen zu zerlegen. Die Intervallen zwischen diesen Compagnien regeln sich nach den Bestimmungen, welche für die Frontentwickelung eines Bataillons gegeben, sind aber innerhalb dieser Grenze je nach dem Terrain und dem feindlichen Strichfeuer veränderlich.

Die Formation in Compagniecolonnen ist von der Hauptlinie, namentlich beim Angriffe, der leichteren Beweglichkeit halber, **so lange als irgend möglich** beizubehalten. Erst wenn über die Richtung des Entscheidungsstoßes kein Zweifel mehr bestehen kann, oder da, wo gänzlicher Mangel an Deckung es absolut nothwendig machen, mag der Uebergang zur Linie angeordnet werden.

Aber auch dann wird es sich beim Avanciren bringend empfehlen, die Schützenzüge der Kompagnien in dem Verhältnisse hinter der Front zu belassen, welches ihnen das Reglement im Bataillonsverbande zuweist; einmal, weil mindestens kriegsstarke Kompagnien mit drei deployirten Zügen in nicht ganz festem Boden sehr schwer in der nöthigen Geschlossenheit zu erhalten sind; dann aber auch weil es zum letzten entscheidenden Einbruch doch nothwendig bleibt, eine gewisse Consistenz in der Tiefe zu besitzen.*) —

Nur in Vertheidigungspositionen erscheint es angebracht, die Kompagnien der Hauptlinie sich gleich von Hause aus, in vollentwickelter Front hinter der ersten Schützenlinie etabliren zu lassen.

---

*) cfr. abermals Dreiglieder=Rangirung.

3. Das **zweite Treffen** der Infanterie ist seiner ganzen Bestimmung nach, noch entschiedener, als selbst die erste Linie auf die Zerlegung und auf den Beibehalt der Formation in Kompagniecolonnen verwiesen, und zwar gleichartig in Vertheidigung und Angriff. Es muß bereit sein jeden Augenblick im Laufschritt da oder dorthin eilen zu können, wo es einem Durchbruche entgegenzutreten, eine Lücke zu schließen gilt. Dieser Aufgabe entspricht einzig und allein die Formation in kleinen Colonnen und nur bei ausnahmsweise starker Dotirung des zweiten Treffen kann es vielleicht einmal gerechtfertigt sein, dasselbe zuerst in Halbbataillone*) zu zerlegen. Der Aufmarsch zur Linie erscheint aber für ein zweites Treffen unter allen Umständen verwerflich.

4. Das **dritte Treffen** bleibt grundsätzlich in Bataillonsmassen geschlossen, bis zu dem Momente, wo es in die Action einzugreifen berufen wird. Besteht ein drittes Treffen aus mehreren Bataillonen, so wird ein Auseinanderziehen derselben in Breite und Tiefe auf „halbe" oder „ganze Distancen" zwar meist geboten erscheinen, wenn nicht sehr günstige Terrainverhältnisse obwalten; der Treffenführer wird aber stets im Auge zu behalten haben, daß die Richtung seines späteren Eingreifens sich nur sehr schwer vorausbestimmen läßt, er daher stets bereit sein muß, jede Frontveränderung mit Leichtigkeit auszuführen.

Ein Zerlegen der Bataillone des dritten Treffen in Unterabtheilungen (Halbbataillone oder Kompagniecolonnen) oder ein Aufmarsch derselben zur Linie hat aber grundsätzlich niemals stattzufinden. Die leichte Beweglichkeit nach jeder Richtung hin, bleibt zu sehr die Grundanforderung, welche an ein drittes Treffen gemacht werden muß, als daß dieselbe durch dergleichen Formationen blosgestellt werden dürfte. Man gebe sich auch nicht der Illusion hin, daß durch solche Hülfsmittel die Verluste dieses

---

*) Die Formation in „Halbbataillone" muß wohl als eine zuerst aus dem Reglement zu streichende bezeichnet werden!

Treffen verringert werden könnten. Der Schutz gegen ein gezieltes Feuer des Feindes liegt hier für die dritte Linie nicht mehr in dieser oder jener Formation, sondern lediglich in dem correcten Verfahren der vorderen Treffen, deren Thätigkeit es dem Feinde unmöglich machen muß, seine Geschosse auf jene hinterste Linie zu concentriren. In so weit es sich aber für das dritte Treffen um Zufallsverluste handelt, ist dagegen die Form ohne Einfluß: die Bataillonsmasse wird nicht mehr leiden, als ihre auf ein Quadrat von 100 Schritt Seitenlänge auseinandergezogenen Kompagnien, oder welche Formation man sonst wählen möchte. Die einzige Abhülfe gegen diese Nachtheile liegt in der Bewegung seit- oder halbseitwärts und eine solche steht daher dem Führer des dritten Treffens frei, soweit nur irgend seine Aufgabe sie gestattet.

§ 6. Das Verfahren der Treffen im Kampfe.

Das Verfahren dieser verschiedenen Linien im Kampfe — der Kernpunkt der ganzen infanteristischen Leistungsfähigkeit, regelt sich in erster Instanz nach dem Gefechtszweck und ist verschieden im Angriff, in der Vertheidigung und beim Rückzuge.

1. Der Angriff.

Daß jeder Angriff, wenn irgend thunlich gegen die feindliche Flanke gerichtet werden muß, während der Gegner in der Front nur beschäftigt wird, ist ein allgemeiner Grundsatz der Gefechtslehre, der jedoch auf das Verfahren der Truppe im Angriff keinen Einfluß hat. Jeder Flankenangriff gestaltet sich für die angreifende Truppe doch immer wieder zu einem Vorgehen in Front, von welchem also hier allein die Rede sein kann. Was vorhergeht um auf diesen Ausgangspunkt zu kommen, gehört in das Gebiet des Manövrirens und Evolutionirens, welches hier ebenso als „vorausgegangen" zu behandeln ist, wie die stets nothwendige Aufklärung und Einleitung.

Jede Truppe, welche zum Angriff schreitet, muß vorher

aufmarſchirt ſein. Dieſer Aufmarſch hat außerhalb des feind=
lichen Artillerie=Schußbereiches zu erfolgen und nur ausnahmsweiſe
(meiſt dann ſelbſtverſchuldete) Verhältniſſe können dazu zwingen,
eine Truppe bruchſtückweiſe zum Angriffe zu führen.

Aus dem Aufmarſch=Rendezvous erfolgt die Entwickelung
zum Angriff, wennmöglich ſchon durch eine Vorwärtsbewegung der
erſten vorbereitenden Linie.

a. Das **Vortreffen** löſt ſpäteſtens, ſobald es in 'den Bereich
der erſten feindlichen Infanteriewirkung kommt (unter Umſtänden
früher cfr. § 5) ſchwache Schützen auf, etwa einen Zug auf die
Front eines Bataillons. Schützen und Soutiens gehen unter
möglichſter Benutzung des Terrains, aber im Weſentlichen grade
aus und ohne Aufenthalt gegen das ſchon im Allgemeinen
beſtimmte Angriffsobject vor. Nur einzelne, namhaft zu
machende Schützen feuern, wo etwa eine günſtige Gelegenheit ſich
bietet.*)

Dieſe Art des Avancirens iſt ſo **lange als irgend möglich**
feſtzuhalten; ſie wird aber meiſt ihre natürliche Grenze an der
feindlichen Widerſtandswirkung auf ſpäteſtens 1000 — 600 Schritt
finden.

Von dieſer Entfernung ab verwandelt die vorbereitende Linie
ihr Vorgehen mit ſchwachen Schützen ohne Feuer: in ein ſprung=
weiſes Vorlaufen ſtärkerer**) Schützenabtheilungen,
unter dem Feuerſchutz momentan liegen gebliebener
Theile.

---

*) Solche Gelegenheiten können aber auch unter Umſtänden ſelbſt zu
momentanem Schnellfeuer auf große Diſtancen, z. B. gegen auffahrende
Artillerie, abziehende Kavallerie ꝛc. führen.

**) Wie dieſe Verſtärkung auszuführen: ob durch Verlängerung der
urſprünglichen Linie; ob durch Einſchiebung von Sectionen in zuerſt gelaſſene
Intervalle; ob endlich durch Eindoublirung von Rotten, hängt von der Art
der erſten Formirung der Schützenlinie ab. Die Kompagnien müſſen
ausgebildet ſein, ihre erſte Schützenlinie nach jeder dieſer Weiſen zu verſtärken.

Dieses sprungweise Vorgehen hat den doppelten Zweck:

einmal schon jetzt das feindliche Feuer erwidern zu können, um es dadurch zu mäßigen, da von dieser Grenze an die Annahme nicht mehr gerechtigt erscheint, daß es gelingen könne, ohne diese eigene Wirksamkeit auf den Feind, noch weiter vorzubringen;

dann aber auch soll dieses Verfahren ein Mittel sein, den Gegner zu verhindern, ein concentrirtes Schnellfeuer auf einzelne Abtheilungen der angreifenden Schützenlinie zu richten und diese dadurch zurückzuwerfen.

Damit dieser doppelte Zweck erreicht werden kann, ist es nothwendig:

einmal, daß die vorspringende Abtheilung jedesmal groß genug ist, um das Feuer von Nebenabtheilungen nicht zu sehr zu maskiren*) und um aus der neuen Position selbst ein einigermaaßen wirksames Feuer abgeben zu können: daß also immer ganze Züge auf einmal vorspringen;

ferner, daß das Vorspringen selbst überraschend erfolgt: daß es sich also nicht mit einer gewissen Regelmäßigkeit z. B. von einem Flügel ab wiederholt; daß es weiter vorher den Leuten avertirt ist, damit das Aufspringen, im vollen Laufe Vorstürzen und das Sich wieder Niederwerfen von Allen gleichzeitig erfolgen kann. Dazu wird es wiederum nöthig sein, daß die vorspringende Abtheilung auch nicht aus zu großen Abtheilungen, nicht aus ganzen Kompagnielinien besteht. Endlich müssen die Entfernungen für den jedesmaligen Sprung kurz, auf höchstens 40—50 Schritt bemessen sein. Wenn von dem Moment des Aufspringens bis zu dem des Wiederniedergeworfenseins mehr als eine halbe Minute vergeht, so wird ein aufmerksamer

---

*) Es leuchtet ein, daß ein sprungweises Vorgehen einzelner Gruppen oder gar Rotten, das Feuer von Nebenabtheilungen derselben Größe mehr maskiren muß, als das Vorlaufen größerer Abtheilungen, welche nur das Feuer der nächsten Nebenrotten hindern.

Gegner immer Zeit gefunden haben, sein Schnellfeuer auf die laufende Abtheilung zu concentriren; damit aber der Zweck des ganzen Verfahrens völlig verfehlt sein. Es wird sich daher sehr leicht z. B. in schwerem Boden, oder wenn die Leute schon ermüdet sind, ereignen, daß die Sprünge noch viel kürzer bemessen werden müssen und hat es dabei auch gar nichts zu sagen, wenn ein solcher Sprung einmal im todten Winkel endigt, so daß die vorgesprungene Abtheilung in dem Momente nicht feuern kann. Der Weitersprung ist dann nur so rasch wieder aufzunehmen, wie die Leute zu Athem gekommen sind, oder im Schritt fortzusetzen, wenn dies vom Feinde ungesehen geschehen kann. Selbst Sprünge dieser Art von nur 15 bis 20 Schritt werden aber trotzdem das Vorkommen der ganzen Linie mehr fördern, als das nur ganz ausnahmsweise zu empfehlende, weil noch mehr ermüdende Vorkriechen.

Im Ernstfalle werden sich die Zeitpausen nach deren Verlauf von ein und derselben Abtheilung ein neuer Sprung gemacht werden kann, lediglich aus der Situation ergeben; grundsätzlich sollen sie nicht länger dauern, als nöthig, um Athem zu schöpfen und einige Schuß abzugeben. Dabei bleibt aber im Auge zu behalten, daß die Schützenlinie des Vortreffens ein und desselben Angriffs sich im Allgemeinen auf gleicher Höhe vorbewegen muß. Bedeutende Abweichungen aus der Richtungslinie, meist wohl durch allzubraves Vordringen einzelner Züge veranlaßt, können leicht zum Schaden solcher dann vereinzelter Abtheilungen, damit aber zum Schaden des Ganzen gereichen, sind darum nicht zu dulden.

Dem sprungweisen Vorgehen der Schützenlinie folgt in derselben Weise ihre Soutienslinie, ohne daß es nothwendig, ja auch nur rathsam erscheint, daß das Vorspringen der Soutiens gleichzeitig oder (was wegen der erregten Aufmerksamkeit des Feindes noch gefährlicher wäre) sehr kurz hinter ihren Schützen her, erfolge.

In dieser Weise hat das Vortreffen sich bis auf wirksamste Schußweite — je nach dem Terrain also bis auf 400 oder 250 Schritt — an den Feind heran zu arbeiten: um von da aus nach Einschiebung auch der letzten Soutiens durch ein nunmehr nicht mehr abreißendes Schnellfeuer, den Einbruch der mittlerweile in ununterbrochener Vorwärtsbewegung gebliebenen Hauptlinie an den entscheidenden Stellen vorzubereiten.

Während diese Einschiebung der letzten Soutiens sich im Ernstfalle zu einem wirklichen Ersatze der bis jetzt in der Schützenlinie erlittenen Verluste gestalten wird; kann dieselbe auf dem Uebungsplatze nur durch die Heranführung der noch geschlossenen Soutiens der Vortreffenkompagnien bis dicht an die liegende Schützenlinie heran, markirt werden. Diese geschlossenen Soutiens des Exercierplatzes haben sich dann aber ebenso, als wären sie ausgeschwärmt, an dem Schnellfeuer der ganzen Linie (über die Liegenden fort) zu betheiligen.

Der Versuch mit diesen Abtheilungen sogenannte „kleine Salven" geben zu wollen, wird wohl sofort scheitern, wenn die Uebung mit Platzpatronen ausgeführt wird und ist darum überhaupt zu verwerfen.

Auf dem vollsten Verständnisse der Offiziere und Unteroffiziere für die Grundbedingungen dieser Art des Vorgehens und auf der gründlichsten Einübung der Mannschaft für dasselbe, beruht — es ist wohl nicht zuviel gesagt — die wesentlichste und entscheidendste Bedingung für das Gelingen eines gegen Hinterladervertheidigung geführten Angriffs!

6. Die **Hauptlinie** des Angriffs ist während dieser Zeit, von dem Momente an, wo das Vortreffen seinen reglementsmäßigen Abstand gewonnen hatte, in ununterbrochener Vorwärtsbewegung geblieben.

(Es ist hier einzuschieben, daß dieser Abstand zwischen Vortreffen und Hauptlinie gleichzeitig das Kampffeld der Artillerie bildet, ohne deren Mitwirkung ein Infanterieangriff in größeren Verhältnissen heute nicht mehr gedacht werden kann. Meist wird es zwar Aufgabe der Gefechtsführung sein, dieser Artillerie schon durch eine das Gefecht*) einleitende selbstständige Truppe (Kavallerie; Avantgarde 2c.) das Terrain decken zu lassen, in welchem sie ihre eröffnende Thätigkeit beginnen kann, ehe die Hauptkraft der Infanterie in den Angriff eintritt; wo dies aber nicht geschehen ist oder geschehen konnte, muß ihr Auftreten räumlich und zeitlich in die Intervalle zwischen Vortreffen und Hauptlinie fallen. Dadurch kann es nothwendig werden, von dem Grundsatze, daß der Angriff von seinem ersten Antreten bis zu seiner letzten Entscheidung möglichst keinen Halt machen soll, abzuweichen, um der Artillerievorbereitung die für sie nöthige Zeit zu gönnen

Liegt dieser Fall vor, so ist es aber auch unumgänglich, daß dieser Halt auf eine solche Entfernung vom Feinde gelegt werde, daß mindestens die Hauptlinie der Infanterie denselben nicht im Bereiche bemerkenswerther feindlicher Infanteriefeuerwirkung zu überbauern hat. Aber auch für die vorbereitende Linie wird es dann entschieden rathsam sein, das jetzt für sie unvermeidliche stehende Feuergefecht auf möglichst große Entfernung zu unterhalten, sich also zunächst mit dem absolut nothwendigen Terraingewinn zu begnügen, welcher ihr die Deckung der eigenen Artillerie garantirt. 300—500 Schritt vor (vorwärts — seitwärts) der Artillerie, 1000—1500 Schritt vom Feinde ab werden etwa dazu ausreichen.

Wenn dann dadurch der Abstand beider Infanterielinien von einander momentan auch größer wird, als es früher verlangt worden, so hat dies keinen Nachtheil, wenn nur die Angriffsvorbewegung nachher von hinten beginnt und das Vortreffen zu neuem Avanciren erst antritt, wenn die Hauptlinie bis auf den reglementsmäßigen Abstand von 500 Schritt herangerückt ist.)

Das Avanciren der Hauptlinie des Angriffs erfolgt zunächst

---

*) Im Gegensatze zum speziellen Angriffskampfe.

ohne Tritt! in der oben bestimmten Formation in Compagnie=
Colonnen. Erst wenn es nothwendig geworden sein sollte, zur
Linie zu deployiren und jedenfalls von dem Momente ab, wo
das Vortreffen zum Vorbereitungsschnellfeuer*) übergeht: faßt
die Hauptlinie Tritt und beginnen die Tambours zu
schlagen!

Sobald die Hauptlinie in dieser Weise der Vorbereitungslinie
auf 30—25 Schritt nahegekommen ist, erhebt sich die letztere
gleichzeitig auf das Signal: „Avanciren!" und beide Linien
gehen im Sturmschritt auf den Feind.

Während dieser letzten Vorwärtsbewegung darf aber das Feuer
der Schützenlinie nicht schweigen; es muß vielmehr durch ab=
wechselndes (gliederweises) Vorlaufen der Schützen auf 25 bis
30 Schritt Vorsprung von der nachfolgenden Linie, Abgabe eines
Schusses und Sichwiederaufnehmenlassen unterhalten werden.

Auf etwa 30 Schritt von der feindlichen Position ab, er=
folgt dann (gleichzeitig mit dem Signal: „Rasch avanciren!") das
Kommando: Marsch! Marsch! Hurrah!**)

Der faktische Einbruch erfolgt nunmehr ohne weiteren Schuß
zu thun — bis daß der Feind aus der besetzten Stellung gewor=

---

*) Dieser Moment (Halt des Vortreffens!) wird auf dem Exercier=
platze meist von dem Führer des Angriffs bezeichnet werden müssen, wenn
die geeignete Position sich nicht sehr deutlich markirt. Es wird zu diesem
Zwecke das Signal:

„Seitengewehr pflanzt auf!"

sich empfehlen, welches dann gleichzeitig für die vorderste Schützenlinie das
Zeichen zum Halten, für die hinteren Soutiens zum Eindoubliren und für das
ganze Vortreffen zum Schnellfeuer ist.

Im Ernstfalle wird sich dieser Moment von selbst ergeben, wenn die
Schützen nicht mehr weiter vorkommen können.

**) Dieses Kommando ersetzt für die vorderste Linie zugleich das
andere: zum Fällen der Gewehre! Das Signal wird während des eigent=
lichen Sturmes von allen Hornisten fortwährend wiederholt.

sen ist, worauf ihn das Schnellfeuer aller in erster Linie disponiblen Gewehre verfolgt.

Ist dieser Einbruch in die Lisière einer Oertlichkeit von gewisser Tiefenausdehnung (Wald, Dorf 2c.) geschehen, so folgt das Vortreffen dem weichenden Gegner auf dem Fuße,*) um womöglich sofort die jenseitige Grenze der genommenen Oertlichkeit (jedenfalls des ersten Abschnittes derselben) zu erreichen; darf aber unter keinen Umständen über dieselbe hinaus vorbrechen. Anbernfalls, wenn der Sturm nur gegen eine tiefenlose Linie (Höhe, Damm 2c.) geführt worden war, setzt sich das Vortreffen in derselben fest und verfolgt nur durch Schnellfeuer.

In beiden Fällen sind, ohne daß es dazu eines besonderen Befehls bebürfte: die Kompagnien der **Hauptlinie sofort** wieder in Kolonnen zu formiren resp. zu **sammeln**, um je nach dem Terrain sich als Soutiens (cfr. § 4, 1) des nunmehr zu der Rolle der Vertheidigung des Gewonnenen übergegangenen Vortreffens zu postiren. Sämmtliche Führer dieser Linie bleiben für die rascheste Wiederherstellung der Ordnung in derselben verantwortlich.**)

Sache der höchsten Führung des Angriffs wird es dann sein, nach einem solchen Momente anzuordnen, was weiter geschehen soll.

Eine gute Infanterie wird bei alledem darauf gefaßt sein müssen, daß auch einem in dieser Weise angeordneten und begonnenen Angriffe ihres ersten Treffen, unerwartete Hemmnisse in der Front***) entgegentreten können, welche seine glatte Durchführung erschweren. Die Entwickelung starker Soutiens der Ver-

---

*) Bei Manövern 2c. auf die vorgeschriebene Entfernung.

**) Auf dem Exercierplatze ist ein Angriff erst als abgeschlossen zu betrachten, wenn die genommene Position vom Vortreffen ordnungsmäßig besetzt und die Hauptlinie wieder gesammelt ist.

***) Zur Sicherung der Flanken sind ja die andern Treffen zunächst bereit.

theibigung u. f. w. kann den Angriff verhindern, ohne vor=
herige Verstärkung des vorbereitenden Feuers zum entschei=
benden Sturme zu schreiten, auch wenn die Hauptlinie mit der
Schützenlinie zusammengetroffen ist.

In solchem Falle tritt auch die Hauptlinie in die Rolle der
vorbereitenden Linie ein — bis daß das zweite und unter Um=
ständen auch dritte Treffen, heraneilend, neue Kraft und neuen
Impuls geben. Die zur Linie entwickelten Kompagnien der
Hauptlinie verfahren dann so, wie es früher für die Soutiens=
züge der Vorbereitungslinie „auf dem Exercierplatze“ vorgeschrie=
ben ist, bis daß der Moment zum neuen Ansetzen gekommen
scheint.

Auch solche Verhältnisse müssen zum Gegenstande der Uebung
gemacht werden, damit sie nicht überraschen.

Was geschehen kann, wo trotzdem die Chancen des weiteren
Vorwärtsbringens scheitern: darüber bei Gelegenheit des Rück=
zuges.

c. Wo nur partielle Stockungen oder momentane Lücken
in der festen Angriffslinie des ersten Treffens entstehen, tritt
das **zweite Treffen** ein.

Seine Kompagnien übernehmen hier selbstständig, vom
Treffenkommandeur nur angeleitet, aber nicht mehr direkt ge=
führt, eine ähnliche Rolle, wie sie den Unterstützungsschwabronen
eines ersten Cavallerietreffens zugewiesen ist. Grundsätzlich zwar
auf die Intervallen der ersten Linie eingetheilt, müssen sie im wei=
teren Verlaufe des Angriffs volle Unabhängigkeit der Be=
wegung haben. Sie sollen den Gang der Dinge vor sich scharf
im Auge behalten und im Laufschritt dahin eilen, wo ihre
Gegenwart Noth thut, es aber ebenso entschieden vermeiden, sich
in das Gewühl der ersten Kampflinie zu stürzen, solange die Dinge
dort normal verlaufen. Darüber zu wachen, aber auch wo es Noth
thut, z. B. mehrere Kompagnien des zweiten Treffen auf einen
Punkt hin zu dirigiren, wird die, seine volle Aufmerksamkeit und

seinen vollen Einfluß erfordernde, Aufgabe des Bataillonscommandeur im zweiten Treffen sein.

Es gehört eine gute Beobachtungsgabe, aber vor Allem auch eine gute Disciplin (im edelsten Wortsinn) der Compagniechefs dazu, diese Aufgabe zu erfüllen, ohne sie durch unzeitgemäßen Kampfesdurst zu compromittiren.

Die Momente, wo das Eingreifen des zweiten Treffen nothwendig wird, sind beim Verfahren des ersten besprochen. Ist seine Thätigkeit bis zum und beim Sturme nicht erforderlich gewesen, so hat es sich in oder auf gehörigen Abstand hinter dem genommenen Abschnitte als erste — innere — Reserve zu etabliren (mit den Trümmern aufzuräumen, die Gefangenen zu sammeln u. s. w.)

d. Das **dritte Treffen** folgt beim Angriffe dem ersten auf dem bestimmten Abstande (wodurch es sich eben von einer zurückgehaltenen Reserve unterscheidet) ohne sich grundsätzlich am Kampfe zu betheiligen. Sein directes Eingreifen in denselben*) erscheint nur gerechtfertigt, wenn sich bei jenem ein Stutzen oder Zurückstauen bemerkbar macht, über welches fortzuhelfen Pflicht und Ehre jedem an einem Angriffe betheiligten Truppenkörper gebieten.

Es bedarf daher auch, wenn ein solches Zurückfluten der ersten Linien eines Angriffs droht oder eintritt, nicht eines ausdrücklichen Befehls zum Eingreifen für das dritte (oder überhaupt hintere) Treffen; sondern es muß vielmehr umgekehrt, wenn ein solches Sichhineinwerfen in die Entscheidung nicht erfolgen soll, dies vom Höchstkommandirenden des Angriffs besonders verboten werden.

Jedes andere Verfahren würde der Energie eines, wie doch vorausgesetzt werden muß, mit der vollen Absicht, die Entscheidung zu suchen, angesetzten Angriffes widerstreiten.

------

*) Dann in der bereits beim ersten Treffen abgehandelten Art.

Auch der Exercierplaß muß solchen Tendenzen dienstbar, nicht hinderlich sein.

Es wäre widersinnig, zweite und dritte Treffen zu formiren, wenn man sie nicht in den entscheidenden Momenten auch einsetzen wollte. Auch der Uebungsplatz muß daher das Bild zur Anschauung bringen, daß im Entscheidungsaugenblick alle Kräfte in erster Linie verwendet sein können.

Bei normalem Verlaufe der Dinge beschränkt sich die Aufgabe des dritten Treffens darauf einem feinblichen Gegenstoße aus der Position heraus gegen die Flanke des Angriffs durch einen selbstständigen Offensivstoß wiederum möglichst in die Flanke, zu begegnen; oder dasselbe hat die äußere Reserve hinter dem glücklich eroberten Abschnitte zu bilden, bis anders (zur Verfolgung) über es disponirt wird.

Ueber das Verfahren in beiden Fällen ist nichts mehr zu bemerken, über die Aufnahme des abgewiesenen Angriffs beim Rückzugsgefecht zu sprechen.

2. Die Vertheidigung.

Viel einfacher als beim Angriffe gestaltet sich das Verfahren der Infanterie in der Vertheidigung.

Der Erfolg der Abwehr beruht zum größesten Theil auf Faktoren, welche außerhalb der Verwendung reglementarischer Formen im engeren Sinne liegen.

Die Feuerbisciplin in der weitesten Bedeutung des Wortes spielt hier unstreitig die erste und eine noch einflußreichere Rolle als im Angriffe. Die Kunst: seine Zielobjecte und die jedesmal zweckentsprechende Feuerart richtig zu wählen, ist keine lediglich artilleristische; sie will und muß von einer Infanterie, welche mit modernen Gewehren bewaffnet ist, ebenso genau studirt und fest eingeübt sein, wie bei der Schwesterwaffe, und wird dann in der Vertheidigung ihre höchsten Triumphe feiern.*)

---

*) Es muß hier als wünschenswerth bezeichnet werden, daß auf Grund der bei der Infanterie-Schießschule gemachten Versuche und Erfahrungen, eine Instruction entstehen möge, welche diese Kunst zum Gemeingute aller

Weiterhin aber wird der Erfolg der Defensive auch sehr wesentlich von einer richtigen Auswahl der Stellung und ihrer zweckentsprechenden Besetzung abhängen; beides Dinge, welche über das Gebiet reglementarischer Vorschriften hinausliegen und an die taktische Einsicht des Führers appelliren.

Immerhin streift mindestens die letztere Frage nach der „Besetzung," in das Feld des „Verfahrens" hinüber, insofern ja durch die in dieser Richtung getroffenen Maaßnahmen, den verschiedenen Infanterielinien der Abwehr, ihre Rolle schon bestimmter zugewiesen wird.

In dieser Beziehung wäre dann zunächst zu wiederholen, was schon früher bemerkt worden, daß eine vorbereitende Linie in dem Sinne, wie dieser Ausdruck beim Angriff gebraucht ist, bei einer geplanten Vertheidigung nur ausnahmsweise*) vorkommen wird.

Ein solcher Fall kann sich z. B. ereignen, wenn der höchste Führer einer zum Angriff vorgehenden und bereits für diesen Zweck gegliederten Infanterietruppe sich entschließt, einem feindlichen Rencontre stehenden Fußes in der von seinem Vortreffen erreichten Höhe zu begegnen. Das Verfahren der beiden Linien des ersten Treffen wird dann im Wesentlichen auf das Hinaus-

---

Officiere machte. Bestimmungen, wann in Angriff und Vertheidigung die Schützenlinien oder nur Theile derselben ihre Wirkung auf die Artillerie oder auf die Infanterie des Gegners zu concentriren hat; wann Einzel-, gewöhnliches oder Schnellfeuer anzuwenden; wann auf weite (welche) oder nur nahe Entfernung zu feuern ist und dergleichen mehr, können auf der Basis jener Erfahrungen unbedingt genauer gegeben werden, als dies in „taktischen Lehrbüchern" bis jetzt nur im Allgemeinen geschehen ist. Welche Vortheile daraus für die zweckentsprechende Anwendung unserer vorzüglichen Infanteriewaffe im Großen entspringen würden, braucht wohl nicht erst betont zu werden.

*) Das Verfahren einer vor die gewählte Stellung vorgeschobenen Vorposten- oder einer zurückgebliebenen Arrièregarden-Linie gehört nicht hierher, sondern in das Gebiet der Rückzugsgefechte.

kommen, was beim Angriff für den Fall vorgeschrieben war, wenn die an das Vortreffen dicht herangerückte Hauptlinie sich nicht stark genug für den wirklichen Sturm fühlt.

Wo Infanterie aber zu vorher bestimmter Besetzung einer ausgewählten Defensivstellung auftritt, wird eine Zerlegung des **ersten Treffen** in Vortreffen und Hauptlinie unter den meisten Verhältnissen nicht stattfinden. Zwar wird es ja auch jetzt geschehen müssen, daß diese Position zu Anfang nur mit schwachen Schützenkräften, und erst, wenn der feindliche Angriff sich unzweifelhaft enthüllt hat, voll besetzt wird: dieses Nacheinander in der Zeit hat aber nichts mit der im Angriffe nothwendigen Trennung der Aufgaben zu thun.

Während also dort selbstständige Gefechtseinheiten (Kompagnien) zur Formation der einen und der andern Linie bestimmt werden mußten, fällt hier die vorläufige Besetzung correcter Weise nur einem Bruchtheile*) der für die volle Besetzung designirten Einheit zu.

Es kann daher in der Vertheidigung füglich geschehen, was im Angriffe wohl stets verwerflich, daß ein Bataillon seine vier Kompagnien im ersten Treffen nebeneinander entwickelt, um dadurch auf einer größeren Frontbreite eine einheitlichere Leitung zu haben. Es kann aber ebenso leicht umgekehrt vorkommen, daß, um dem Hauptmomente aller Abwehr, der Zähigkeit und Nachhaltigkeit einen prägnanteren Ausdruck zu geben, die Gliederung ein und desselben Truppenkörpers in der Tiefenrichtung bei der Vertheidigung über diejenigen Grenzen hinaus ausgedehnt wird, welche hierfür beim Angriff als angezeigt erschienen.**)

Während überhaupt beim Angriff die zu wählenden Combi-

---

*) Ueber die Wahl dieser Bruchtheile cfr. das beim Vortreffen Gesagte.

**) Z. B. die drei Bataillone eines Regiments hintereinander aufgestellt werden.

nationen noch eine gewiſſe Stätigkeit zeigen, entzieht ſich bei der Vertheidigung die Vertheilung der vorhandenen Kräfte nach Breiten- und Tiefenrichtung jeder näheren Beſtimmung. Die Anordnungen in dieſer Hinſicht hängen — wie ja die Vertheidigung ſelbſt — in weit höherem Maaße von dem **Terrain** ab, als dies für den Angriff der Fall iſt, ſind daher auch noch weit weniger reglementariſch zu beſtimmen.

Immerhin bleiben auch hier die Hauptgrundſätze über Tiefen- und Breitengliederung in Kraft, und gewinnen im Intereſſe einer für jede Abwehr geradezu entſcheidend wichtigen Flankenſicherung noch an (taktiſcher) Bedeutung.

Drei Treffen bilden daher auch in der Vertheidigung die Normalformation der Beſatzungs-Infanterie.

Möglichſte Stärke der erſten Linie; ihre Unterſtützung (innere Reſerve) durch ein ſchwächeres zweites und (äußere Reſerve) durch ein ſtarkes drittes Treffen, giebt auch hier das Skelett aller reglementariſchen Anordnungen, aus welchen ſich aber das Verfahren dann nach dem früher Geſagten von ſelbſt ergiebt.

(Auch hier muß wohl wiederum eingeſchaltet werden, daß die Rolle der Artillerie in der Vertheidigung ſich eng an die infanteriſtiſche Aufgabe anſchließen muß; und daß für die Kavallerie der Gegenſtoß aus der Poſition heraus, in dem Momente, wo der Angreifer zum entſcheidenden Sturme ſchreitet, den Höhepunkt ihrer Mitwirkung bezeichnet.)

3) Das **Rückzugsgefecht.**

Es iſt in der Beſprechung des Verfahrens beim Rückzuge einer Infanterietruppe von vornenherein ein Unterſchied zu machen, zwiſchen einem freiwilligen und einem unfreiwilligen Zurückgehen, und in erſterer Beziehung noch zu ſondern: ob der freiwillige Abzug vom gegneriſchen Verfolgungsfeuer ſtark oder nur in geringem Maaße zu leiden hat.

a. Ein freiwilliger Abzug aus einer Position noch ehe der Feind in der Lage ist, die abziehende Linie durch ein energisches Feuer zu belästigen, wird z. B. eintreten, wenn ein vor der Hauptstellung vorgeschobener dünner (Vorposten=) Schleier den Anmarsch feindlicher Massen positiv erkannt hat und die rechtzeitige Besetzung der hinterliegenden Stellung gesichert ist. Die Aufgabe der Vortruppe ist dann gelöst und ein längeres Verweilen vor der Front würde nur die Wirksamkeit der Truppen in der Hauptstellung beeinträchtigen.

Bei einer solchen Art von Abzug ist das gleichzeitige Antreten (nach rückwärts) der in der Tiefe hinter= und der in der Breite nebeneinander stehenden Abtheilungen ebenso gerechtfertigt, als angängig. Auch wird es bei solcher Sachlage keine Schwierigkeit haben und daher auch stets inne zu halten sein: den Rückzug auf den oder die Flügel der Hauptposition zu dirigiren.

Auch ein Avantgardenbataillon oder Regiment einer vorgehenden größeren Abtheilung kann zu einem solchen Verfahren genöthigt sein, wenn der Führer der Haupttruppe es für angezeigt hält, dem feindlichen Entgegenkommen auf der Höhe, welche sein Gros erreicht hat zu begegnen. Sobald auch hier Aufmarsch und Entwickelung in der gewählten Stellung vollendet sind, erscheint es absolut geboten, jene Vortruppe freiwillig zurückzunehmen, ehe sie in ein ernstes Engagement verwickelt und vielleicht dann auf die Hauptstellung zurückgetragen werden kann.

b. Schwieriger als in diesen Fällen gestaltet sich der freiwillige Abzug einer Infanterietruppe, welche die Entwickelung, und vielleicht sogar das Antreten des Gegners gegen die von ihr eingenommene Stellung hat abwarten müssen.

Dergleichen Situationen werden sich für Arrièregarden fast immer einstellen; aber auch Avantgarden und Vorposten, werden häufig nicht umhin können, solche Momente zu überbauern, wenn die Besetzung der hinterliegenden Stellung in dem Momente, wo der Feind gegen sie anrückt noch nicht vollendet ist.

Ein sofortiger gleichzeitiger Aufbruch nach rückwärts ist unter solchen Verhältnissen, sowohl für die neben= als für die hinter= einander disponirten Kräfte dieser Infanterie meist gleich unthun= lich. Zeitgewinn ist in solcher Gefechtslage die Hauptaufgabe; über ihre Lösung entscheiden aber in erster Instanz nur die loca= len Verhältnisse.

Gestatten dieselben ein **abschnittsweises Zurücknehmen der nebeneinander in vorderer Linie stehenden Abtheilungen**, so wird dieser Vortheil ausgenützt werden müssen. Wo aber das Terrain ein solches Verfahren nicht augenscheinlich unterstützt, wird es meist größere Gefahren mit sich führen, als **zähes Aus= halten in erster Linie und gleichzeitiges rasches Zurückgehen der ganzen Abtheilung**, sobald ein feindlicher Angriff abgewie= sen ist.

Grundsatz in solchen Lagen muß es sein:

daß **eine direct angegriffene Infanterie unter keinen Umständen zurückweichen darf**, ehe sie nicht diesen Angriff abge= schlagen hat; und daß

umgekehrt eine solche doch auf die freiwillige, wenn auch langsame Aufgabe von Terrain angewiesene Infanterielinie ihre freie Zeit benutzen muß jedesmal ein Stück weiter zurück= zugehen.

Der Moment nach glücklich abgewiesenem feindlichen Angriffe eignet sich am besten hierzu und erleichtert die Wiederholung desselben Spieles aus einer mehr rückwärtigen neuen Stellung.

Ob aber dieses allmählige Ausweichen dann im Ganzen oder lieber abwechselnd, und dann ob en échiquier, oder immer

---

*) Und als solche muß diejenige bezeichnet werden, welcher feindliche Infanterie im Avanciren (!) auf 1000 Schritt etwa nahe gekommen ist.

nur bis auf die Höhe der zuletzt zurückgenommenen Nebenabtheilung zu geschehen hat, hängt — wie gesagt — lediglich von den localen Verhältnissen ab.

Das Verfahren gegenseitiger Aufnahme bleibt das erstrebenswerthe in solchen Gefechtslagen; es setzt aber voraus, daß die alternirenden Abtheilungen groß genug sind, um eine selbstständige Widerstandskraft zu besitzen und nicht durch das Zurückgehen der Nebenabtheilung mit fortgerissen werden können. Es wird daher oft gar nicht ausführbar sein und auch wo es eintreten kann, wohl immer noch der directen Aufnahme von hinten bedürfen.

Ein Zurückweichen aus einer Lage, wie die hier besprochene, darf grundsätzlich nur auf und nur bis in eine rückwärtige schon vorher besetzte neue Aufstellung erfolgen und es verbietet sich dadurch auch das gleichzeitige Zurückweichen der hintereinander disponirten Kräfte. Daraus folgert sich auch für solche freiwillige Abzüge ein ganz bestimmtes Verfahren, welches seinerseits geübt sein muß, wenn es nicht zu, in diesen Momenten doppelt gefährlichen, Unordnungen führen soll.

Hiernach müssen die abwechselnd zurückgehenden (nebeneinander fechtenden) Abtheilungen mindestens immer aus ganzen Gefechtseinheiten (Bataillonen) bestehen, um eine selbstständige Widerstandskraft entfalten zu können. Je größer diese Theile der einen Linie gemacht werden können, desto besser. Absolut verwerflich aber wäre der Versuch kleinere Abtheilungen (Gruppen einer Kompagnie) abwechselnd ohne Halt! aneinander vorbei oder durcheinander durch zurücknehmen zu wollen.

Die Aufnahmen in der Tiefe muß dann weiter stets derart durchgeführt werden, daß die weichende Linie, auf der Höhe der stehenden Aufnahmelinie angekommen: zunächst immer wieder Front macht!

Erst, wenn es dem Feuer der so vereinigten beiden Linien gelungen ist, das gegnerische Verfolgungsfeuer mindestens momentan etwas zu dämpfen, oder den Versuch eines direkten Nachstürmens abzuweisen, darf die dadurch gewonnene Kampfpause dazu benutzt werden, einen Theil (meist den zuletzt am Feind gewesenen) zurück zu beordern, um eine neue Aufnahmestellung zu nehmen.

So wird zunächst eine Soutienslinie ihre Schützen, dann die Hauptlinie beide zusammen, endlich das zweite Treffen das erste direct von hinten aufzunehmen haben; sich dieses selbe Verfahren aber womöglich in abwechselnder Folge bei nebeneinander fechtenden größeren Abtheilungen abspielen.

Für ein drittes Treffen dagegen wird sich dieses Verfahren nicht mehr empfehlen.

Ein solches wird vielmehr erfolgreicher in einen solchen freiwilligen, aber gedrängten Rückzug, eingreifen, wenn es sich seitwärts hinausschiebt und damit im Grunde nur von hinten dasjenige Manöver ausführt, welches bei der Annahme eines nicht lebhaft gedrängten Abzuges, der ersten Linie von vornenher auszuführen, empfohlen worden ist (sich nach einem Flügel abzuziehen).

Der größere Abstand vom Feinde wird meist dem dritten Treffen die nöthige Zeit und Ruhe für diese Bewegung lassen; freilich aber wird eine Truppe in der angenommenen Situation nur selten wirklich in drei Treffen gegliedert sein. Wo dies nicht der Fall, bleibt es der Mitwirkung der Artillerie und namentlich Kavallerie überlassen, der Infanterie über den letzten kritischen Moment fortzuhelfen — nicht in die Hauptstellung hineingetragen zu werden.

c. Am schwierigsten natürlich gestalten sich die Verhältnisse für eine unfreiwillig zurückgehende Infanterie. Sei es, daß sie mit ihrem Angriffsversuche gescheitert, sei es, daß sie aus

ihrer Vertheidigungsstellung geworfen ist — von reglementarischen Formen oder auch nur Verfahrungsarten kann für sie
in diesem Momente nicht mehr die Rede sein.

Nur für die nicht in den Kampf selbst verwickelt gewesenen
Linien, also allenfalls für das dritte Treffen, meist wohl nur für
die eigentliche Gefechtsreserve werden sich hier gewisse Anhaltspunkte des Verfahrens aufstellen lassen.

Den besten Erfolg verspricht beide Male noch ein offen-
sives Eingreifen der intakt gebliebenen Theile in den Kampf;
sei es, daß sie sich grade von hinten dem Strome der Weichenden entgegenwerfen und ihn wieder mit vorwärts zu reißen
suchen; sei es, daß sie von der Flanke her, dem siegreich nach-
oder vordrängenden Gegner zu Leibe gehen.

Der erste Versuch wird freilich nur Chance haben, wenn die
numerischen Verhältnisse der weichenden und der neu vorgehenden Linie nicht allzu verschieden sind; anderenfalls ist die Wahr-
scheinlichkeit selbst mit in den Rückzug hineingerissen zu werden,
größer als die umgekehrte wieder mit vorzureißen.

Jedenfalls aber muß es Grundsatz der Exercierplatz-Praxis
sein, daß bei einem solchen Verfahren die weichende Linie
unter allen Umständen wieder mit Front macht und vor-
geht — niemals aber durch jene avancirenden Theile
hindurch zurückgenommen wird.

Sind aber die Stärkeverhältnisse beider Linien zu ungleich,
oder ist — was meist beim Eingreifen einer Reserve der Fall
sein wird — der Abstand ein zu großer, um sich noch einen
Umschwung der Dinge durch ein solches Vorgehen versprechen
zu dürfen, so bleibt nichts anderes übrig, als in einer Defensiv-
Flankenstellung den Strom der Weichenden vorbeizulassen und
unter Umständen den selbstständigen Versuch zu machen, das
verlorene Gleichgewicht nachher (defensiv oder offensiv) wiederher-
zustellen.

Die weichende Linie aber stehenden Fußes in einer gerade rückwärtigen Stellung aufnehmen zu wollen, ist jebenfalls bei solcher Lage der Dinge absolut unmöglich — wird doch schon der immer tiefer werdende Strom der Zurückgehenden selbst jede Feuerwirkung einer solchen Stellung maskiren.

So greifen aber die Anordnungen im Falle eines Rückzuges aus dem Gebiete des eigentlichen Kampfes, schon wieder hinüber in das Gebiet des Manövrirens und Evolutionirens — der Gefechtsführung, welche auch darüber zu entscheiden hat, ob wirklich jenes Aeußerste eingesetzt werden soll oder nicht: Fragen, die hier nicht zu berühren sind.

Einige Beispiele

zur praktischen Durchführung der Anhaltspunkte.

---

§ 1. Allgemeine Vorbemerkungen.

1. Die vorgegebenen Anhaltspunkte haben nur die Ausbildung der Bataillone und der aus Bataillonen zusammengesetzten größeren Abtheilungen im Auge gehabt; sie beziehen sich außerdem wesentlich nur auf die Anforderungen des Entscheidungs-kampfes.

Es ist die natürliche Konsequenz der heute feststehenden Wahr-heit, daß Infanterie sich nicht mehr mit geschlossenen Maffen im feindlichen Feuer bewegen kann, daß man zum Kampfe schon das einzelne Bataillon gliedern muß.

Um die Gesetze dieser Gliederung hat es sich im Vorstehenden gehandelt, nicht aber um die Glieder selbst.

Die Kompagnie, als erster und größester noch allenfalls geschlossen im Kampfe zu führender Körper ist darum in den vorangegangenen Betrachtungen, als eine für die nunmehr an sie gestellten Aufgaben fertig vorgebildete Grundeinheit voraus-gesetzt worden.

Die Ausbildung des einzelnen Mannes und ganzer Kampf-gruppen im Exercitium, wie im Tiraillement; in der Benutzung des Terrains, wie in der Feuerdisciplin; das Verständniß von

Führern und Unterführern für das Wesen der Sache, welcher hier in größeren Verbänden gedient werden soll, ist als vorhanden angenommen, konnte deshalb hier nicht mehr zur Sprache gebracht werden. All' dieses Wissen und Können bildet gewissermaaßen die unerläßliche Grundlage, auf der sich die Vorführung von Kampfbildern abspielen muß, mit denen wir uns hier beschäftigen wollten.

Eben so wenig aber, wie mit diesen primären Aufgaben, haben es die „Anhaltspunkte" mit der Routinirung der höheren Führer im Evolutioniren geschlossener Massen, oder mit der Heranbildung zu einer eigentlichen Gefechtsleitung — mit dem Manövriren zu thun. Die ordnungsmäßige Bewegung von Massen bildet allerdings die nothwendige Vorschule für ihre kamf= gerechte Entwickelung und der Exercierplatz wird sich dieser Auf= gabe nicht entziehen dürfen; wie andererseits die Fähigkeit des Führers seine Truppe dem jedesmaligen Gefechtszwecke ent= sprechend zu verwenden, erst den Abschluß aller Friedensausbil= dung darstellt, welchen das Manöverfeld bieten soll.

Hier aber galt es nur Grundformen für den Kampf — für den Entscheidungskampf zu geben, um die Führer zu ihrer sachgemäßen Anwendung und die Truppe zu ihrer unter allen Umständen gesicherten Durchführung anzulernen und zu befähi= gen — damit auch künftig wieder der Exercierplatz eine faktische Vorschule für den Ernstfall sei. —

Damit dieses Ziel erreicht werde, ist es nicht nur nothwendig, daß jene Formen an sich einfach, klar, durchsichtig sind, sondern daß ihre Einübung auch in einer Art und Weise betrieben werde, welche sie selbst dem Minderbegabten zu einer verstandenen Gewohnheitssache machen kann.

Grade je mehr sich der Einfluß geistiger Faktoren heutzutage im Kampfe geltend machen muß, um so nothwendiger erscheint es, dem „Geiste" auch eine „bestimmte Form" als die Materie zu überweisen, an welcher er seine schöpferische Kraft entfalten kann.

Je mehr in's Allgemeine, Unfaßbare, Variable schwimmend und verschwimmend die Formen des heutigen Infanteriekampfes sich gestalten, um so schwieriger wird die Geltendmachung eines geistigen Führereinflusses; und so kommt es, daß grade Diejenigen, welche diesem Einflusse sein Recht verschaffen wollen, am ehesten genöthigt sind auf festere Formen zu bringen. In diesen Bestrebungen haben sie die Erfahrungen der Geschichte hinter sich: die größesten Feldherrn haben stets darnach getrachtet, ihren Truppen die bestimmteste Taktik zu geben und das Experimentiren auf diesem Gebiete — der Mangel an fester Form — fällt immer in die Zeiten, wo der geistige Führereinfluß auf dem Ebbepunkt stand.

Die Form ist wechselnd und sie bleibt dem Geiste untergeordnet — darüber kann kein Streit sein. Aber eine bestimmte Zeitperiode muß auch in der Taktik ihre bestimmte Formgestaltung finden — die Formlosigkeit kann und wird niemals, weder die Grundlage noch die Vorbedingung geistiger Vollwirkung sein; mindestens von derjenigen Grenze an nicht, wo diese geistige Wirkung aufhört eine persönliche sein zu können.

Darum noch einmal: wir bedürfen bestimmter Formen, aber auch einer sachgemäßen Gewöhnung an dieselben; einer Einübung, welche wirklich gestattet, sie zur Grundlage geistiger Arbeit, zweckmäßiger Anwendung zu machen.

Was dazu nothwendig darüber im Folgenden:

2. Da ein Kampf ohne Gegner undenkbar, ist die Grundbedingung einer zweckentsprechenden Ausnutzung des Exercierplatzes für dieses Ziel, daß das Object des Kampfes jedesmal irgendwie markirt ist.

Für Angriffsübungen wird es genügen, wenn die Linie in welcher der Feind stehend gedacht wird, nur local angegeben wird; für Vertheidigungs- und Rückzugsübungen aber muß der sich bewegende Gegner jedesmal mindestens durch einige Leute dem Auge erkennbar dargestellt werden.

Da die Exercierplätze nicht immer die normale Entwickelung des auf denselben übenden Truppenkörpers in der Tiefenrichtung gestatten werden, ist es oft nothwendig die hierfür gegebenen Bestimmungen dem vorhandenen Raume entsprechend zu verringern. Diese Ausnahme von der Regel muß aber bei der Uebung jedem Betheiligten bekannt sein, damit sich nicht falsche Vorstellungen festsetzen.*)

Damit der richtige Nutzen aus diesen Kampfbildern gezogen werden kann, ist den Officieren die jedesmal zu Grunde liegende Situation des übenden Truppentheils vorher mitzutheilen. (z. B. ob ein Bataillon allein oder im Verbande kämpfend gedacht ist, welches Object ihm gesteckt u. s. w.)

Desgleichen ist auch bei der Truppe niemals ein Zweifel darüber zu lassen, wenn nach der Darstellung eines Bildes, zu einem ganz anderen übergegangen wird. Bei der Beschränktheit des Raumes auf den Exercierplätzen wird es nämlich nur sehr ausnahmsweise möglich sein, aus einer Gefechtslage unmittelbar zu einer andern übergehen zu können. Auf dem Exercierplatze können aber auch unzusammenhängende Einzelübungen, unter Zugrundelegung immer neuer Annahmen sehr gut dem Gesammtzwecke dienen und den richtigen Maaßstab auch für die Beurtheilung des Ausbildungsgrades einer Truppe abgeben.

Möglichste Einfachheit der Form empfiehlt sich auf dem Exercierplatze, wie auf dem Schlachtfelde.

Nicht in einer künstlichen Complicirtheit der Bewegungen, sondern in der correcten ordnungsmäßigen Durchführung ganz einfacher Kombinationen, liegt die Garantie für den erstrebten Erfolg im Ernstfalle, wie auf dem Uebungsfelde.

Nur erst, wenn die Truppe in diesen einfachsten Grundformen bereits ablosut fest: in ihrer Anwendung auch unter wech-

---

*) Eine Verkürzung der Tiefenabstände auf dem Exercierplatze hat um so weniger Bedenken, als erfahrungsmäßig diese Entfernungen im Ernstfalle leichter unterschätzt als überschätzt werden.

felnben Terrainverhältnissen gründlich geübt ist, mag es gerecht=
fertigt sein in die Uebung einmal eine absichtliche Complication
einzufügen — lediglich zu dem Zwecke, um die Führer zu gewöh=
nen, sich so rasch als möglich wieder in die einfache
Form zurückzufinden.

Zu solchen complicirteren Uebungen gehört namentlich auch
die völlige Frontveränderung einer bereits in einer bestimmten
Richtung entwickelten Infanterielinie — nicht zu verwechseln mit
einer kleinen Frontverschiebung (Vornahme eines Flügels oder
dergl.) durch welche das Treffenverhältniß nicht alterirt wird.

Dergleichen Fälle (ganz oder nahezu rechtwinkelige Front=
veränderungen) werden sich in der Wirklichkeit fast nie ereignen
und sind auch auf dem Exercierplatze nur aus dem Grunde eine
nicht zu billigende Modesache geworden, um (unnützer Weise) auf
beschränktem Raume ein Kampfbild an das andere hängen zu
können.

Lehrreicher, weil der Natur entsprechender, wird es sein,
bei solchen gewollten oder nothwendigen Frontveränderungen
(Viertel=, Achtelschwenkungen 2c.) die entwickelte Linie rasch wieder
zusammenzuziehen und sie eintretenden Falles unter dem Schutze
von gegen die neue Front betachirter Theile nach erfolgter Evo=
lution auf's Neue zu entwickeln.

Niemals darf es aus den Augen verloren werden, daß das=
jenige, was auf dem Exercierplatze geübt wird, nur Nutzen bringen
kann, wenn es ganz und gar in die Gewohnheit der Truppe
übergegangen ist; derart daß sie die dort erlernten (darum ein=
fachen) Kampfformen auch beizubehalten befähigt ist, wenn in
allen Instanzen die eigentlich berufenen Führer nicht mehr vor=
handen sind.

Damit das erreicht werden kann, darf der Uebungsplatz nicht
Vielerlei bringen, sondern muß das Wenige, was eigentlich
Noth thut, absolut sicher stellen.

Darauf allein, und nicht auf Künsteleien beruht, was wir

oben verlangt haben und Andere mit uns verlangen: daß es auch im Ernstfalle gehe — wie auf dem Exercierplatze!*)

§ 2. Die Beispiele.

1. Die beigefügten Tafeln geben Beispiele zu den gebrachten Anhaltspunkten.

Tafel I zeigt drei resp. vier Grundformen für das **Bataillon.**
Fig. 1.

    Vortreffen — eine Kompagnie,

    Haupttreffen — zwei Kompagnien,

    zweites und drittes Treffen — eine Kompagnie.

Das Bataillon ist in dieser Gliederung als allein auf ein bestimmtes Angriffsobject dirigirt, gedacht z. B. als Avantgarde einer folgenden Kolonne, um einen vom Feinde besetzten Straßensperrpunkt fortzunehmen; oder als Umgehungscolonne detachirt, um gleichzeitig mit dem Frontalangriff anderer Bataillone in die Flanke des Gegners zu stoßen u. s. w.

Die relative Selbstständigkeit erheischt eine Tiefengliederung, welche unter anderen Verhältnissen unnütz wird.
Fig. 2.

    Haupttreffen — drei Kompagnien,

    zweites Treffen — eine Kompagnie.

Die Gliederung bietet die größtmöglichste Frontalwirkung des Bataillons.

Sie wird die Regel bilden für ein Bataillon in der Vertheidigung, weiterhin aber auch zum Angriffe zu benutzen sein, wo die Verhältnisse klar genug liegen, um gleich eine größtmöglichste Kraftentfaltung in erster Linie zu gestatten. Es ist die Formation zum Schützenanlauf, anwendbar, wo die Flügel des Bataillons genügend gesichert sind; sei es, daß das Bataillon allein mit Führung des Kampfes beauftragt, andere Truppen nahe genug

---

*) Cfr. General von Wechmar: Das moderne Gefecht.

hinter sich hat, um seine ganze Kraft einsetzen zu können; sei es, daß dasselbe im Verbande mit andern Bataillonen neben sich auftritt.

Fig. 3.

    Vortreffen — zwei Kompagnien,

    Haupttreffen — zwei Kompagnien.

Formation zum Entscheidungskampfe im Verbande mit andern Bataillonen, namentlich auf den Flügeln dieser Verbände.

Fig. 3a zeigt das Vortreffen aus zwei Kompagnien nebeneinander gebildet;

Fig. 3b. aus zwei Kompagnien hintereinander bestehend.

Die Formation bietet die intensivste Kraftentfaltung eines Bataillons.

Die Schützenvorbereitung (cfr. § 6) ist zwei ganzen Kompagnien, der Einbruch den beiden andern zugewiesen; die Aufgaben eines zweiten und dritten Treffens sind andern Abtheilungen überlassen.

Die „Vorbereitung" ist stärker, als bei Fig. 1; der „Stoß" concentrirter als bei Fig. 2 — es ist die eigentliche Schlachtformation des Bataillons im großen Verbande.

Ob die Gliederung des Vortreffens nach a oder b erfolge, ist im Grunde gleichgültig. Außer anderweiten Gründen,*) welche für die Form b sprechen, wird sich dieselbe da empfehlen, wo voraussichtlich die „Soutienslinie" (cfr. § 6) zur Bildung einer Offensiv oder Defensivflanke benutzt werden muß, d. h. für Flügelbataillone.

Mit diesen vier Formen sind die möglichen Variationen der Gliederung eines Bataillons nicht abgeschlossen; aber dieselben können füglich als Grundformationen bezeichnet werden, insofern sie an und für sich den drei Eventualitäten entsprechen, unter welchen ein Bataillon in den Entscheidungskampf eintreten kann:

---

*) Cfr. Studien 2c. des Verf.

allein, oder im Verbande, und dann in der Mitte oder auf dem Flügel.*) Der einfache Befehl zur Annahme dieser oder jener Form, wird gewissermaßen schon genügen, um den Unterführern die Situation und damit ihre Spezialaufgabe klar zu machen, welche in dem sich entrollenden Bilde zum Ausdruck gelangen soll. Der weitere Verlauf des Kampfes wird dann freilich im Ernstfalle die ursprüngliche Formation wesentlich alteriren, aber das Streben muß doch immer dahin gehen, diese Grundform möglichst lange beizubehalten resp. so rasch als möglich sich in dieselbe zurückzufinden. Der Exercierplatz muß diesen Tendenzen dienstbar bleiben, auch wenn auf demselben der Battaillonscommandeur seine Kompagnien tummeln will. Auch solche Uebungen müssen immer einen klaren Kampfplan erkennen lassen und dürfen nie in willkürliche, planlose Unordnung ausarten, wenn damit nicht mehr geschadet, als genützt werden soll.

Die Einübung aber selbst nur jener vier einfachsten Formen, bis zur Höhe einer gewissen Virtuosität wird Gelegenheit genug bieten, den disciplinirenden**) und routinirenden Einfluß zur Geltung zu bringen, welchen wir gewöhnt sind, in dem strammen Exercieren des Exercierplatzes zu suchen. Ist es doch natürlich, daß je kleiner die Glieder sind, welche hier unter dem Auge des Vorgesetzten ihre Bewegungen 2c. auszuführen haben, desto schärfer die Kontrolle sein wird, welche das durch dichte Massen so begünstigte „Bummeln" verhindern kann. Körperlich und geistig wird es bis auf den einzelnen Mann herunter heute auf dem Exercierplatz größerer Anspannung bedürfen und sie wird leichter zu verlangen und zu überwachen sein, als sonst; vom Platze selbst wird aber jenes unglückselige sogenannte „Türkenmanöver" ver-

---

*) Allein — Fig 1,
    in der Mitte — Fig. 2 oder 3a,
    auf dem Flügel — Fig. 3b.

**) Cfr. über diesen disciplinirenden Einfluß; auch General v. Wechmar: das moderne Gefecht.

ſchwinden, unter welchem ſich doch eigentlich oben und unten Nie=
mand etwas klares denken kann.

2. Aus den vier Grundformen des Bataillons unter Berück=
ſichtigung der „Anhaltspunkte“ ſetzen ſich die Kampfformen des
Regiments von ſelbſt zuſammen. Es wird nicht nöthig ſein, die=
ſelben durch beſondere Tafeln zur Darſtellung zu bringen. Je
nachdem das Regiment allein oder im Verbande auftritt, wird
es ſich in ſich in drei oder zwei Treffen zu gliedern haben, und
ſeine drei Bataillone je nach der ihnen zugewieſenen Aufgabe die
dazu günſtigſte Formation wählen müſſen.

Von der Verwendung der drei Bataillone nebeneinander
bis zur Formation in drei Bataillonen hintereinander werden
alle möglichen Kombinationen „unter Umſtänden“ ihre Berechti=
gung finden.

3. Die **Brigade** bildet nach reglementariſcher Vorſchrift den
größeſten Truppenverband, welcher noch einheitlich auf dem
Exercierplatze geübt werden ſoll. Selbſtverſtändlich kann bei der
heutigen Kampfweiſe nicht mehr daran gedacht werden, daß der
Kampf einer Brigade noch durch Kommando und Signal geleitet
werden könnte. Deſto nothwendiger aber nur erſcheint die Uebung,
damit auch hier ein richtiges Ineinandergreifen der Glieder
niederer Ordnung geſchaffen werde

Die Grundformationen der Brigade werden ſich im Weſent=
lichen nur dadurch unterſcheiden, ob die beiden Regimenter flügel=
weiſe oder treffenweiſe auftreten. Es erſcheint nicht angängig,
die eine oder die andere Form als Normalformation hinzu=
ſtellen; je nach den Verhältniſſen wird bald die eine, bald die
andere Combination ihre Vorzüge habe. Eine Brigade allein
gegen ein beſtimmtes Kampfobject gerichtet, wird es vorziehen,
auch jetzt noch ihre Regimenter hintereinander zu verwenden, um
ſelbſtſtändiger über das zweite und dritte Treffen disponiren zu
können; indeß dieſelbe Brigade z. B. im Verbande der Diviſion
füglich mehr Werth auf ihre Frontalentwickelung z. B. je zwei

Bataillone jeden Regiments in erster Linie, legen muß u. f. w. Die Tafel II giebt beide Grundformationen, welche abermals nicht alle Möglichkeiten erschöpfen. Eine ganze Brigade wird gegen ein einheitliches Kampfziel wohl nur in Entscheidungsschlachten zum Einsatz gelangen; unter gewöhnlichen Verhältnissen aber wohl meist auf eine Gefechtsführung — auf das Manövriren und gefechtsmäßige Verwenden ihrer Glieder angewiesen sein. In beiden Fällen wird sie nicht allein (als Infanterie) auftreten, sondern ihr schon Artillerie und Kavallerie beigegeben sein. Ein Brigadeexercieren wird darum immer Rücksicht auf die muthmaaßliche Verwendung der Artillerie zu nehmen haben, auch wenn diese Waffe ihr auf dem Exercierplatze noch nicht wirklich zugesellt ist. Da wo dies stattgefunden hat, wird es oft (z. B. wenn, wie jetzt der Fall, nur eine Batterie dazu bestimmt ist) vortheilhaft sein, durch diese Artillerie die eigene oder die feindliche stärkere Artillerielinie markiren zu lassen.

Die Figuren b sollen einen Anhalt geben, wie die hinteren Treffen „im Terrain" in den Kampf einzugreifen haben 2c.; einer weiteren Erläuterung werden die Zeichnungen nicht bedürfen. —

Je größer die Verbände werden, welche in der Kampfweise heutiger Zeit geübt werden sollen, desto nothwendiger wird es werden, das Kampfobjekt und die Kampfsituation klar und bestimmt zu bezeichnen, wennmöglich also mit ganzen Abtheilungen gegeneinander zu exerciren.

Nur wenn dieser Grundsatz auf dem Exercierplatze festgehalten wird, kann es gelingen, Unterführer und Truppen an diejenigen Formen zu gewöhnen, in welchen nun einmal heutigen Tages die Infanterie kämpfen muß, aber auch **reglementarisch** kämpfen kann.

Berlin, Druck von W. Büxenstein.